ETRENNES
LITTERAIRES.

A M. AILHAUD, Fils, Avocat en
Parlement, & S. P. D. L. S. L. D. P.

PAR

*M. DE CHEVRIER de l'Académie
des Belles Lettres de Corse.*

A BRUXELLES.

M. DCC. LI.

A MONSIEUR AILHAUD.

VOUS me demandez des Etrennes, un Poëte n'a que des Vers à offrir; quelque frivole que soit ce tribut, ne vaut-il pas mieux qu'un compliment fade que l'usage autorise, & que le cœur dément dans l'instant même que l'esprit le produit?

Je suis, avec les sentimens les plus distingués, Monsieur, votre très-humble & très-obéissant Serviteur,

CHEVRIER.

EPITRE

SUR LE JOUR DE L'AN.

A

M. LE CHEVALIER DE CHAUVELIN,
Lieutenant Général des Armées du Roi, son
Envoyé Extraordinaire & Ministre Plénipoten-
tiaire auprès de la République de Genes.

Di tibi dent annos, à te nam cœtera sumes. Ovid.

NOUVELLE année, & nouveau verbiage,
Discours fardés, & fastueux souhaits,
Grands mots noyés dans un froid étalage,
Complimens faux, & visites d'apprêts;
Du jour de l'An, si triste & si frivole,
Tel est en bref le fade protocole,
Suivi des sots, du sage méprisé,
Et de nos Grands quelquefois trop prisé:
Ce jour est fait pour adorer l'Idole,
Sur ses autels chacun verse l'encens,
Moins par amour, que pour jouer un rôle;
On suit l'usage, & non ses sentimens.
Cette nuit même, aidé d'un doux mensonge,

J'étois porté fur les aîles d'un fonge
Loin de ces lieux, en ces bruyans climats
Séjour du bruit & centre du fracas. *
Là des objets qui frapperent mon ame
Très-volontiers j'effayerois le tableau,
Si je pouvois avec des traits de flamme
Vous préfenter un fpectacle nouveau ;
Mais l'heureux don que le Dieu de la Lyre
Ne départit qu'à fes chers favoris,
C'eft l'art fameux des *Greffets*, des *Bernis*,
Et du brillant Auteur de *Sylvanire*. **
Après ces noms, fur le Parnaffe écrits,
Dois-je tenter de peindre la manie
De nos François impofteurs & polis,
Aimables même au fein de la folie ?
Je paffe donc ma froide réverie
Pour en venir à l'inftant du réveil ;
Puiffe une Mufe, autrefois applaudie,
Loin de vos yeux écarter le fommeil,
Fruit d'un ouyrage enfanté fans génie !
Outré, faifi des perfides travers
De l'impofture & de la perfidie
Des Courtifans, & de ces fots divers
Qui pour Paris défertant leur patrie,
Amis partout, & partout étrangers,
Sont ifolés au fein de l'Univers.

---

* *Paris.*

** *Poëme de M. de Chauvelin, dans lequel on admire les images les plus heureufes & le ton de la Poëfie la plus noble.*

J'allois quitter un lieu que je déteste,
Quand, pour sortir de ce cahos nouveau,
D'un Dieu puissant j'implorai le flambeau,
Non le flambeau de ce Dieu si funeste,
Dont le pouvoir égarant les vertus
Sacrifia le malheureux *Oreste*,
Et fit périr l'amante de *Pyrrus*;
Le Dieu du goût, sensible à ma priere,
Me fit d'un pas traverser la carriere,
Et me porta sur ce rivage heureux
Où de l'Abbé * rival de *Metastase*
On applaudit aux Poëmes fameux
Dignes de lui, d'*Arioste* & du *Tasse*;
C'est dans ces lieux qu'Apollon enchanté
En vous voyant admiroit son ouvrage,
Et me disoit, d'un air de vérité,
Que le seul digne ici de mon hommage
Etoit l'ami des Arts, le héros, & le sage.

Vers au même, sur un Poëme qu'il avoit envoyé à l'Auteur, en le priant de donner quelques Ouvrages.

Quoi donc! pour m'engager à reprendre la lyre
   Et remonter à l'Hélicon,
Vous daignez m'envoyer les Vers qu'à *Sylvanire*
   A consacré votre Apollon?
Le don est précieux, mais l'objet inutile,
Bavius osa-t-il écrire après *Virgile*?

---

* M. *l'Abbé* Fulchoni, *Patricien Genois, célébre par quantité de Poëmes fameux, & ami de M. de Chauvelin.*

EPITRE

A M. LE MARQUIS DE CURSAY,
Maréchal des Camps & Armées du Roi,
& Commandant les Troupes Françoises en
Corse.

JE voudrois, Marquis adorable,
Pouvoir, sur le ton des Chaulieux,
Vous envoyer lettre agréable;
Mais je ne suis qu'un ennuyeux,
A qui *Phébus* déja refuse
L'art heureux des bons Vers :
Depuis huit jours ma pauvre Muse
Ne rime, hélas ! que de travers.
Ainsi sur cette Epitre excuse
Soit faite. Eh quoi ! me dira-t-on,
Ta Muse, autrefois si facile,
Soir & matin, d'un pas agile,
Abordoit sur le double mont,
Et pour un Vers en faisoit mille,
Par tous avoué d'Apollon;
Car enfin Auteur si fécond,
A Rome, en France, ou dans cette Isle,
Ne passera jamais pour bon;
Prens, en passant, cette leçon.

J'entends, Meſſieurs, votre raiſon;
Et ſur le champ, d'un ton docile;
Je répons à votre oraiſon.
Si le Pere de l'harmonie,
A qui, dès mes plus jeunes ans,
J'offris ma voix & mon encens,
Si le Dieu de la Poëſie
Me doua d'un peu de génie,
Dans ce beau jour il me dénie
L'uſage utile des talens
Qu'il m'accorda dans d'autres tems
Par amour, ou par fantaiſie.
Je ne puis, Marquis, le cacher,
Outré de cette ingratitude,
Très-fort je pourrois m'en facher;
Si maintenant d'une autre étude
Mon eſprit n'étoit occupé:
Les jours & les nuits je travaille,
Dans la crainte d'être trompé,
A feüilleter dans l'Antiquaille
Pour l'Hiſtoire que vous ſçavez: *
Déja tous mes plans ſont levés;
Et par ma foi, non de Poëte,
Car ce ſont de chétives fois,
Je compte avant la fin du mois
Vous préſenter mon étiquette.

---

* *L'Auteur étoit alors chez un de ſes amis détaché*
à San-Fiorenzo, où il travailloit aux recherches ſur
l'Hiſtoire de Corſe.

Céans, au fein de la retraite,
Loin de Cipris & de Bacchus,
Mais plus encor loin de Comus :
Car chez d'*Herbain* (je fuis fincére)
On fait parbleu très-maigre chere ;
Mais chez *Pujol* fon Commandant,
Certes le cas eft diférent :
Céans enfin, la chofe eft fûre,
Je puis le jurer, je le jure,
Dégagé de tous foins, je lis
Les anecdotes du Pays :
J'y vois des fers & des entraves,
Des Roys, des Tyrans, des efclaves, *
Des malheureux.... Mes yeux furpris,
De tous côtés cherchent un Sage :
Pour pouvoir le trouver, Marquis,
On me renvoye à votre Ouvrage.

EPITRE

A Mr. *De Thibault*, Lieutenant Général, Civil
& Criminel, au Grand Bailliage de Nanci,
fur fon Mariage avec Mademoifelle *de waren*.

A Vous, nouvel Epoux heureux,
S'adreffe cette mince Epitre,
Que fur un vacillant pupitre

---

* *L'Auteur ne prétend parler ici que de ces tems
déplorables où la Corfe étoit livrée à la tyrannie de
cinquante Chefs* (Capi) *amis du brigandage, plus que
de la liberté.*

Trace mon Apollon gouteux. *
Encor, fi dans ces jours critiques,
J'avois des *Duffis*, des *Chaulieux*,
L'efprit gai, les propos attiques,
Je pourrois complimenter mieux ;
Mais par un deftin rigoureux,
Je n'ai de commun avec eux
Que la douleur qui me travaille ;
Et je vais fans fuite & fans art,
Vous envoyer, vaille qui vaille,
Des Vers que j'enfile au hafard.
Un fecond hymen vous captive ;
Déja plus d'un ami Lorrain,
M'a fait paffer fur cette rive
L'avis de ce nouveau deftin.
L'hymen eft donc un efclavage ?
Propos ufé, vieux verbiage
Par le Mifantrope adopté,
Et qu'il foûtient d'un ton mauffade,
Pour renverfer la liberté,
Dont follement il fait parade :
Etre libre, c'eft être heureux ;
Or donc une Epoufe adorable,
Qui joint au caractere aimable
Efprit doux & cœur vertueux,
Vous donne ce bien défirable
Après lequel nos bons ayeux
Couroient toujours, ne trouvoient gueres,

---

* *L'Auteur étoit alors attaqué de la goute.*

Et que nous traitons de chiméres.
Dans ce siécle où la vanité,
Les airs, le faux ton, l'indécence
Consacrent la frivolité
Et respectent l'impertinence ;
Quand je ne prétens que causer,
Pourquoi donc faut-il que ma goute
Me contraigne à moraliser ?
Muse, prenez une autre route,
Très-rarement on vous écoute
Quand vous ne sçavez que penser.
Vous docte éléve de Minerve,
Son favori dès le berceau,
Vous sçavez bien qu'en ce tableau
Le vrai seul est peint par ma verve ;
Ah ! si j'avois votre pinceau . . . . .
Mais à d'autres mains le reserve
Le Dieu qui regne à l'Hélicon ;
Or pour finir mon oraison,
Déja par trop fastidieuse,
Puissiez vous d'une ame joyeuse
Avec votre aimable moitié,
Après cent ans, au sein des Graces
Trouver l'amour & l'amitié,
Et le plaisir qui suit leurs traces.

VERS à M. le Comte de *Monastrole*, sur son Livre intitulé : *Examens Philosophiques*.

NÉ pour l'amour, & fait pour les désirs,
    Croirai-je, aimable MONASTROLE,

Que vous penſez dans ce ſiécle frivole?
D'un François amuſant ſont-ce là les loiſirs?
  Le jeu, les airs, la médiſance,
Sont aujourd'hui les nœuds de la ſocieté;
Des mœurs ſi vous voulez réprimer la licence,
On va vous accuſer de ſingularité.
Quittez *Paſcal* & regnez à Cythére . . . . .
Mais non; continuez, Comte, de refléchir,
Par vos ſages Ecrits montrez-nous l'art de plaire,
Penſez toujours, ſi vous aimez notre plaiſir.

L'HOMME D'ESPRIT
DANS LA SOCIETE',

EPITRE à M. d'*Alcouffe*, Capitaine au Régiment de *Tournaiſis*.

VOUS, mon maître en l'Art de penſer,
 Dont la ſaine raiſon inceſſamment m'éclaire,
D'ALCOUFFE, en ce tableau que ma main va tracer,
Conduiſez mon crayon, je ſuis certain de plaire.
Aſſés d'autres déja, par des vers élégans,
Ont célébré la gloire & l'amour dés talens:
Aſſés d'autres guidés par un heureux génie,
Ont montré à quel point *Malherbe* & *Deſpréaux*
 Ont agrandi, par d'immortels travaux,
  L'empire de la Poëſie.
Mais de tous ces Auteurs placés à l'Hélicon,

Aucun encor n'a tracé les maximes
Que, d'une foible main, mon timide Apollon
    Vient vous préfenter dans ces Rimes.
Je peins l'homme d'efprit dans la fociété,
Ce qu'il eft trop fouvent, & ce qu'il voudroit être:
Dans cette Epitre où doit régner la vérité,
Ami, guidez mes pas, & fervez moi de maître.
L'efprit, qui ne le fçait ? eft un don précieux,
Qu'a répandu fur nous la clémence des Dieux :
    De ce bienfait, qui féduit & qui flate,
Leur main, fouvent prodigue, eft quelquefois ingrate :
Le Ciel avec regret femble verfer ce don :
Entre mille Orateurs, il n'eft qu'un *Cicéron* :
Tout fleurit chez les Grecs; mais la fuperbe *Athenes*
    Ne compte encor qu'un *Démofthenes* :
Et la France, toujours des Beaux Arts le berceau,
Au fiécle de *Loüis* n'a vu qu'un feul *Rouffeau.*
    Pourquoi les Dieux, de cet efprit avare,
    Ont - ils rendu tous les talens fi rares ?
Pourquoi . . . Mufe arrêtez ; d'un regard curieux,
N'allez pas pénétrer dans les fecrets des Cieux.
    De l'amour propre efclaves que nous fommes,
Un mérite commun aveugle tous les hommes.
Du Poëte orgüeilleux, de fes vers entêté,
Qui ne fçait pas rimer de ftupide eft traité.
Dans les calculs abftraits de la Géométrie,
Le Mathématicien, à l'air fombre & hautain,
Ne donne de l'efprit & ne croit du génie,
Qu'à ces gens ténébreux, qui, le compas en main,
Ne parlent que Problême & Trigonométrie.

Le Militaire altier, même auprès de Cipris,
N'entretient que d'affauts & de Forts qu'il a pris:
Et l'Avocat chargé des lambeaux de l'Ecole,
Nous cite à tout propos & *Cujas* & *Barthole.*
C'eft ainfi que chacun entiché de fon goût,
Entretient les paffans du talent qui l'attache:
Quelquefois, mais en vain, dans foi-même on fe cache;
L'air faux perce; on devient uniforme partout;
　　On n'a qu'un ton à Paris, en Province.
　　Eft-on Poëte? on accable de vers
　　Le Courtifan, le Bourgeois & le Prince;
Et parcourant ainfi tous les talens divers,
Vous verrez les Mortels, refferrés dans leur fphere,
Ne parler au milieu de la fociété,
　　　　Qu'une langue étrangere,
　　　　Qu'un jargon aprêté.
　　A ce défaut, déja trop ordinaire,
　　Succéde auffi la fade vanité,
Si commune aux Auteurs : Tout bouffi d'arrogance,
Le Sçavant, dans un cercle où régne l'ignorance,
　　Contre les fots étalant fon pouvoir,
Les charge tour à tour du poids de fon fçavoir:
Le Sage joüit-il d'une telle victoire?
　　Se flate-t-il de ce trophée honteux?
A vaincre un fot, où péut être la gloire?
Il faut le plaindre; helas! déja trop malheureux
De ceder en aveugle aux efforts du génie,
Si l'on veut l'accabler des fautes du deftin,
C'eft à l'injure encor joindre la tirannie,
C'eft d'un homme mourant enfanglanter le fein.

Jeunes gens, qui des Arts franchiffez la barriere,
N'allez pas vous foumettre à des préjugés faux;
On s'égare fouvent fur les pas d'un Héros:
Avec diftinction pour remplir la carriere,
Des Auteurs orgueilleux évitez les défauts,
Applaudiffez au goût, répandez la lumiere,
Faitez briller partout la fage vérité,

 Loin des tons durs & de la vanité,
Tracez dans vos écrits cet art heureux de plaire,
A ce prix feul montrez votre fublimité.
Mais gardez-vous d'aller, hériffé de fcience,
Débiter en tous lieux & maxime & fentence;
N'allez pas imiter ces Docteurs faftueux,
Qui près d'un moribond étalent d'un ton fade
Les mots durs & fçavans des Grecs & des Hebreux,

 Et dont le langage pompeux
 Fait fouvent périr le malade.
L'homme prudent doit fuivre & le tems & les lieux,
 De foi-même le maître;
Hors de fon cabinet, l'Auteur doit difparoître,
Pour ne montrer aux yeux de la focieté
Qu'un citoyen aimable & rempli de gayeté.
Turenne, ce Héros fi connu, dans l'Europe,
N'étoit point dans Paris un fage mifantrope,
Dont l'efprit furchargé de projets & de plans
Même au fein des plaifirs ne trace que des Camps:
Ce Vainqueur, dont la France annonçoit les merveilles,
Dont l'Univers chantoit les glorieux fuccès,
Pour loüer nos Auteurs, applaudir à leurs veilles,
Venoit fe délaffer au Théatre François;

Et fuyant des flateurs la cohuë importune,
　Toujours à lui, toujours à fon deftin,
　　Il pleuroit avec Rodogune,
　　Et fourioit avec Scapin.
Du fiécle des Beaux Arts le fameux fatyrique,
Boileau, ce digne objet de l'eftime publique,
S'éloignoit de la Cour, & venoit dans *Auteüil*
Enter avec *Riquet* l'if & le chevrefeüil.
C'eft ainfi qu'un Auteur au centre du grand monde,
Sérieux ou badin, mais jamais affecté,
Ecartant aifément fa fcience profonde,
Doit fe plier au ton de la focieté;
Malheureux eft celui qui, borné dans lui-même,
Au gré de fes défirs ne peut rompre fes fers:
　　N'avoir qu'un ton, ne parler qu'un fyftème,
　　C'eft être efclave au fein de l'Univers.